ひめむかし

柿本多映句集

深夜叢書社

目次

編集協力
佐藤文香
カバー装画
山本梅逸
Insects and Grasses
（1847年／メトロポリタン美術館蔵）
装丁
髙林昭太

ひめむかし

柿本多映句集

われら生きもの

1988—2012

筵より蛍とびたつみちのくは
六月の身の重心を低くせる

脚かたく曲げたる蟬や重信忌

三鬼の忌狐が馬に乗つてゐる

兜子忌の目高の透くは愛《かな》しけれ
さはらねば水蜜桃でありにけり

換気扇まはる六月一人死ぬ

煌煌と雪を抱きこむ幸彦浄土

空蟬よ手足揃へて淋しいか

うつせみよ背に覚えなき傷痕よ

息吸うて吐くよろこびや夜の蟬

近江京跡の土筆を胡麻よごし

幽霊は真昼の岸を寄る辺とす

空を見る文字摺草を刈りつくし

なやらひし鬼を小声で呼びとめる

膝頭とは恥づかしきかな大旦

かつて二師来寺あれば

閒石も信子も御座《おは》し夏畳

信子の忌空あることの淋しかり

水は音楽たとへば油こぼしけり

さびしらに鬼が銀河を渉るなり

身も蓋もあらぬ閒石忌の日暮

でで虫はモダンアートのやうであり

永別や天の川から水零れ

神の忌の岩肌が呼吸してゐる

雲に鳥巓頂に渦のあるうちに

鉛筆を立てて倒して敗戦日

尾道へさるのこしかけ届けます

完市と雨の花折峠にて

哀しみは枯野へつづく父の時間

鯨来る放射線科の込みあひて

鳥雲にわれら生きものまろび合ひ

老人と目高たちまち赦しあふ

ご執心のお多福豆を煮て食はな
銀閣寺あらあら箒走りだす

耳痒き日の空蟬を拾ひけり

鳥の巣に鳥が入つてアマリリス

洪水が来るまで豚は豚で在る

二月三月葬式饅頭いくつ食べた

龍天に海は奈落を見せながら
待つといふ男子に花菜明りかな

野は無人

2013—2014

きのふと同じ眼ゆき手がゆき青薄
野は無人きのふ冬日が差しました

右肩がだるくて春にもの申す

脳天に椿が落ちて蟄居する

種下ろす指をみてゐる子供かな

怪盗王関の辺りで引き返す

朧夜の美僧は水の気配して

毒薬も媚薬もよろし鳥の恋

寝て覚めて菫が雲のあはひから

紙コップへ散る花びらよ目を合はす

ただならぬ春や春です体操す

うしろから人を見てゐる京の春

止観堂出てくる蝶を考へる

たいていのことに溺れて春が逝く

左見右見鶯餅の鳴く頃ぞ

金属疲労してゐる町の太鼓橋

生きるとも死ぬとも春は脱皮する

皆既月食ビニルハウスに苺熟れ

谷の底の谷の村にはほろほろ鳥

夏が来る何処かに下駄の仕舞はれて

朴の花奈落は粘土質なるか

川内原発・本格芋焼酎有り□

黒揚羽何の煙かただよへり

身を焦がす薄羽かげろふ料理店

水銀は液体にして蛍かな

蛇の目に鏡は眩し過ぎないか

家付きの蛇が衣を脱ぎました

鮎一尾言葉を離れ落ちてゆく

黄泉までは蹤いて来るなよなめくぢら

眼前の樹々は戦がず潦

噴く噴く噴くラムネが噴いて秋が来る

エノラ・ゲイ死者たちは死者たちのまま

男らのうしろの風船葛かな

生類として八月の只中に

頬を噛む歯があり柘榴熟れてゐる

鉄治鉄治葡萄畑に帰り来よ

かげろふが運びゆくなり汝の柩

二階より声して桃を剝いてゐる

東方に戸を立てかけて桃啜る

利き足を出してしまつて熟柿かな

曼珠沙華よりも怖ろし横恋慕

ゆふかげの母よちんちろりんが鳴くよ

ははそはの母よ狐火が灯る

沈む太陽海岸線に鯨

鶴渡る主《あるじ》は脱臼してゐます

冬の虹橋閒石と縄跳びす

仏滅です冬至南瓜食べてます

老人力などと凍蝶は凍蝶で

藪椿そのくれなゐの唇を

春愁の床から指が見えてゐる

「本覚坊遺文」山路の白すみれ

薄羽蜉蝣ほどの転生してみたし

春昼の鐘撞いて鐘おどろかす

青葉繁れる寺の外れの滑り台

筍や滅多斬りなどしてみても

馬の眸のつめたさに麦熟れてゐる

救急車降りてあやめの岸に立つ

カナリアに闇ありヒトに人柱

一茎の水は死につつ百合咲かせつつ

ピアノ音烈し日暮を飛ぶ穂絮

地震の国の地震の最中のねこじやらし

繊毛の慄然と立つ天の川

梟や山の神にはまだ逢へぬ

クリスマスローズ大きな息ひとつ

雪が降る鉄の扉のさびしさに

血が凍《い》つる摩文仁ヶ丘の冬の碧落《へきらく》

咲く前の冬のさくらのさくらいろ

老人の記憶は冬陽炎の中

かひやぐら沖をコンコン様がとほる

朧夜の花王石鹼身をすべり

意のままにならぬ鏡と白鯰

桃の花姨捨山は宙に浮き

配達人梅の家から出て来ない

涅槃図を通り抜けたる大鼠

言霊《ことだま》のすとんと落ちて鶯餅

哀惜とは膕《ひかがみ》を擦る春の猫

目覚めたる蛙が足に手をかける

朽縄を沈めて春の沼なりき

ニライカナイへ転がる餅とサイコロと
遺されて渚までゆく海市へゆく

きさらぎの闇がかぶさる銃力の兵隊

二月三月十針縫ひたる心地して

種下ろす指がいつしか水の中

春暁の蛇とピエロが歓べり

山笑ふなどと肩甲骨が痛い

隣家にこゑ榲の花が咲いてゐる

鬱王忌ルソーの森の奥知らず

鏡騒とはおそろしきかなさくら

鳥雲に畳の縁が浮いてゐる

朧夜《おぼろよ》の鏡に別の顔みえて

桃咲くとうしろに声がしてひとり

風水風評風化フーコー春嵐

籠抜けの鸚鵡と銀河鉄道

新月がケタケタ咲ふ終の家

来て帰る老女に蝮草二本

リラ冷えの智恵子像なり振り向かぬ

少し老いあやめの橋を渡るなり

影すでに濡れてゐるなり黒揚羽

蟬の殼もらふ大きな雲の下

狐火

2015―2016

豚に背広斜塔には枯向日葵

蛇は衣を遺して掌が寒い

駅頭に猫の駅長日短か

血脈と云ふはおそろし初鏡

町角をピエロの曲がるお元日

二日はや頭の螺子のゆるびさう

餅花や十三七つ恋しけれ

初鴉さては岩倉あたりより

どうしよう花びら餅の難儀なり

芹薺五形蘩蔞ねむくなる

正月が来て過ぎ空が遠ざかる

生きるなり我ら老年餅を焼き

まうしろに蠟燭のある雪催

雪が降る昔話のやうに降る

雪原に帽子がひとつそれも黒

寒晴や友を葬るに手を貸して

米寿とは一円玉が落ちてゐる

タトゥーの蝶初蝶として我に来よ

みんなこはいこはいことしの春が来た

春昼の影をみてゐる橋の上

揚雲雀男に翼生えるなよ

鶯餅食べてゐる娘を遠見する

気散じな子供の影と陽炎と

雲に鳥少しこの世に遅れ来て

枇杷食べてつくづく枇杷の種をみる

雁渡る黄泉平坂《よもつひらさか》焦くさし

蛇穴に指揮者は棒を離さない

非常階段上がつて下つて真葛原

鉛筆の芯の尖りて開戦日

木を過ぎて木枯となる木霊《こだま》かな

冬霧は前頭葉に及びけり

寂しいと云うていよいよ葱青し

誰か来る降りて止まざる雪のやうに

初明り鳴かぬ鴉とゐて咲ふ

枯野には大きな靴を履いてゆく

すれ違ひざま大根に見られたる

枯枝を摑む空蟬私がゐるわ

悼　野坂昭如氏

君逝きて鎖骨淋しくなりにけり

雪女郎来てゐるお風呂沸いてゐる

陽炎はつめたき舌をみせにけり

恋猫は猫であること忘れをる

死に顔を見て来て鳥の巣を見上ぐ

まれびとよ無性に赤き夏の月

雷雲のみるみる迫る脳かな

原爆忌机上に君の色眼鏡

あつけなく蛇は轢かれて水溜り

揚羽過ぎ水音近くなりにけり

夕立あと綺麗な足が垂れてゐる

万緑の奥へ奥へと馬痩せる

詩に詩神人に産土神明易し

百合つんつん三千界に身を置けば

蛍の火ひよこが眠りに就きしころ

まはりから指のあつまる蟬の穴

板の間にころがる真桑瓜二つ

床下に穴は掘られて昼花火

有刺鉄線夕萱は海へ向き

八月の馬駆けぬけて行きしまま

国淋し団子虫など増えて増えて

ドローン飛ぶ境界線のねこじやらし

穴深し遠国の桃まだ熟れぬ

白桃をしたたる水の昏かりき

するすると別の蔓伸び真葛原

郵便夫真葛原を抜けてくる

声明《しやうみやう》は身ぬちを流れ天の川

友よ荒野に永遠の樹が立つてゐた

立ち眠る抹香くぢら戦あるな

クリムトや死に水は唇をつたひ

生牡蠣を啜る嗣治の素描のまへ

鎌あげる枯蟷螂の悲しみを

青蛙十一月を鳴いてゐる

蛇穴に分度器は抽斗に

煮凝に箸入れてさて白御飯

元日の鏡に誰の顔入れる

葉牡丹や母よ母よと渦に入る

狐火を使ひ古して狐です

平坂の茸見しより遠眼鏡

卒寿とは心に襤褸まとひつつ

頭つかふ冬陽炎に囲まれて

青い花

2017—2018

影すでに眦を過ぎ雁の空

開戦日冬かげろふを平手で打つ

スーパームーン何処照らしても年移る

初みそら鳥は風切羽つかひ

お降りや齢ころころ転げゆき

人日の野に白馬の影をみて

雪をんな来ると定めて初湯かな

雪しんしん逢はねば見ゆる美童かな

酢海鼠を口中にして父母遥か

白朮火を貰つて帰る狐かな

水仙を跨いで影の男来る

波音のそびらに雨の椿山

藪椿の紅が好きです卒寿です

喉仏なき御仏に花明り

桜狩みんなで歩く道長し

初蝶来まひるの深さ知らずに来

蛇穴を出でて夥しき眼

兜子忌の汀を水の走り過ぐ

羽化不全の蝶ですジャムを煮てゐます

土筆摘む君は生者の顔をして

春風に朽ちゆく縄よ日が落ちる

蒲鉾に野火の匂ひや人恋し

通りすがりの春大根に誘はれて
楤芽吹くイタイイイタイと楤芽吹く

三・一一以後の海市の赤ん坊

たんぽぽの気儘に飛んで雨降野

桜鯛信子先生盛装して

雨夜の品定めなどとあやめはまだ咲かぬ

ルビコンは渉らず近江霾ぐもり

倒れたる巨木は桜咲かせけり

亀鳴くと夢の間に間に桃流れ

生類は淋し夜が来て夜が明ける

蛇穴を出て目出度くもあり目出度くもある

立ち眠る輓馬と春を溺れゐる

雛壇の裏へまはつて兄と会ふ

カーニバル鶏は卵を生みつづけ

憲法記念日捏ねて叩いて壺ですよ

もういいかいもういいよと郭公の托卵

遠視でも乱視でもなく蟇

蟹と蟹向き合つて二葉亭四迷かな

蘡や晴や知らぬ顔して揚羽過ぐ

夜の崖蝶一頭を留めけり

夏の月標野に穴のいくつある

黄泉路まで従《つ》いておいでよ蚰蜒

蟻の列大笑面を斜かひに

蔓草の左右に伸びて歓喜天《かんぎてん》

猫踏んでしまふよ青野茫茫と

薔薇匂ふとて唇の乾きしまま

鳥羽僧正的な近江の鯰かな

抜殻も亡骸も蛇大落暉

核の世の背山を灯す蛍かな

真昼間といふ八月の昼をみた

秋の蛇満身創痍とも違ふ

天の川青い鯨が泣いたとさ

ははそはの柞の森の二日月

魂やら草間彌生の南瓜やら

掌を返す男と葛の花

電柱に凍蝶の影つないでおく

蟻の巣に冬来て松本楼灯る

狐と言へば昼の障子がぴんと張る

火傷して鯨の肉の前に立つ

青い薔薇こはして善哉食べてゐる

元旦や老人体操して曲がる

すつぽりと仮面はづせよ大旦

貘枕夢みて夢を忘れけり

寒晴の築地市場と本願寺

睦郎・大吉二人羽織や目出度しや

蒲公英の絮毛みづうみが近い

兜太逝き波のごとくに寄せくる死

影うすくなりつつ蝶とてふてふと

近江夕月水底に死者彳《た》つてゐる

薔薇園は怖い園です兄上さま

火取虫素早く角を匿しけり

汝に胸我に胸あり不如帰

てつぺんかけたか深層水あるか

てのひらに青い花咲くゆふまぐれ

老人は確かに生きて青葉木菟

疲れ目に夜夜蛍火が点る

深山蝶ひらひらテーブル席満席

鉄路錆び烏揚羽のめづらしく

黒揚羽突然突起みせにけり

胸底にやくかいな底青芒

何事も無きが如くに蛇よぎる

青大将いつまで雨に濡れてゐる

八月へ体を入れてしまひけり

蜘蛛の囲の風に吹かれて爆心地

抱擁や何処に月を抱く男

法師蟬夜更けを泣いてそれつきり

兜太せんせい何れは天の河辺りで

朝霧や尼僧が御山下りてくる

面妖な男と出会ふ霧の中

比良坂へ桃を放りて長生す

鬼灯を鳴らし昭和に戻るかな

蛸になりたし

２０１９—２０２０

くちなはに蛇からむ近江かな

をなもみもめなもみも枯れ年新た

くにやくにやの蒟蒻沈め初日出

鏡餅どこに置いても鏡餅

面白の世の元旦の寂しさよ

筋金を入れてどうする狐さん

混迷の世ですよ凧を揚げますよ

歳月の沓くに戦はじまりぬ

三井寺女詣の日の観月台の睦郎さんへ

秘曲かな何処に月を抱く男

太陽を平たく描いて風邪心地

スーパームーン東方神起照らしてよ

底冷えの先斗町には鎌鼬

軋む雪辿り歩けば神話かな

てふてふと息合つて滋賀県にゐる

天翔ける日輪矢車草咲いて
光年の忘れ物かな竜の髭

青野茫茫たしかに島津亮がゐた

横列は恐ろしき列麦の秋

令和元年鳴き砂を踏んでゐる

漂着の棒の沖から六月来

汝の忌のポンポンダリア赤すぎる

仁王門幾度くぐり原爆忌

潜水艦の中の林檎が狙はれる

家出する齢も過ぎて盆の月

脱皮後の青大将を呼び戻す

土管は裸蝶の翅やら守宮やら

覚め際の視界の杳《はる》かをホロホロ鳥

天空々神も尿をし給へり

満月の夜の細胞のざわざわ

石段の途中冷たし穴惑ひ

十二月八日唇ぬぐひけり

誰彼に狐の剃刀進ぜませう

目の玉の奥にも穴や酢蓮根

思ひあぐねて冬のポストの前に立つ

綿虫のふはふは現世とも違ふ

蛇穴に媼は棒に躓けり

冬霧に湖は沈みて呼吸音

月寒し風吹きかはる浮見堂

冬銀河むかし阿呆な女ゐて

鬼が哭くみぞれが雪に変はるころ

寒雷過ぎ松林の松匂ひ立つ

新しき御代です石蕗の花咲いて

葉牡丹の渦から覚めて関悦史

初比叡金子兜太のゐるやうな

山始めなどと天狗杉一本

鶯替や画鋲にとめるもの殖えて

読初は『ほんやのねこ』です猫族です

湖水いま水鳥を容れ輝けり

疼痛や鶏がらすーぷ沸々と

閒石忌海鼠を噛んで呑み込んで

不揃ひの石積んで祖かなします

春満月老婆を贄に差し出して

天空の村へは行かず不如帰

唖蟬のこゑが不毛の大地から

約束は八百屋お七の狂気なり

令和元年蛇の皮など継ぎ合はせ

魔の山や厠と柩そろへてよ

山姥の目玉走るよ如月は

キース・ヘリング展出て自動販売機が怖い

広告塔ときどき狐ごゑを出す

或る日ふとフォークで蝶を食うべけり

仏壇に蓬餅なら置いてある

真直ぐに歩いて春とすれ違ふ

揚雲雀天《そら》の消息知らせてよ

蛸になりたし万国旗をかかげ

亡骸となりつつ野分過ぎゆけり

ハンカチの花咲く朽木村無音

睡蓮に目覚めて汝は何処へゆく

ふるさとは真上にありて枇杷熟るる

虞美人草ゆれて真昼の危ふけれ

かたつむり真紅の泪みせるなよ

若冲の鶏が眉間を離れない

母の日の水かげろふの中にゐる

否と書き六月の海昏れてゆく

若者よ夕菅は夜《よる》をひらき
青嵐けふをチエホフ忌と思ふ

雨蛙何処へもゆかぬ何処へもゆけぬ

夏の昼また沈黙につきあたる

乳母といふ言葉はるかや夏の月

ドローン飛ぶ教会はいま蛇《くちなは》を容れ

鉄砲百合夜を崖からはみだせり

言の葉は黄泉路へ飛んで昼寝かな

老人は只今生きて桃の種

知床の馬もいななけ八月来

途中から鬼灯道が逸れてゐる

このごろは鬼火も見えず裏山は

長箸の二本突立つ鳥辺野は

忿怒仏沈めて秋の湖平ら

汝逝きしあとの河原の昼顔よ

産土は鬼を祀りて笛太鼓

象八句

晩夏光象はカタチとして佇てり

羽化不全の蟬が象舎のかたはらに

黄落期象のシッポのいきいきす

銀杏散るときは淋しい象使ひ

かの世では象の花子に逢ひにいこ
夢の中では大地を駆けよ我も駆ける

象の眼の奥の虚空や冬銀河

転生の象に三途の川あるか

只今

2021—2022

しらしらと言語の通るお元日

初雀阿闍梨が逝きて淋しかろ

冬の雷眦あつき人とゐて
二日はや乾きつづける唇よ

氷魚食ぶコロナマスクをちよいとずらし

喪の明けの仏の座とは愛《かな》しけれ

梅咲いて阿闍梨が村雲橋わたる

春や晩年雲の階段みてしもた

春や有為の奥山越えてダンスダンス

骨片も手首も晴れて桜かな

内視鏡するりと入り日脚伸ぶ

兄よ兄よと花冷えの滑り台

春愁は君のデスクに置いて来た

黄砂降る新幹線の窓に富士

水晶玉覗けば椿また椿

てふてふと遊び呆けて卒寿過ぐ

コロナ禍を思ふ何処も春嵐

マイカーは鳥居で停まり春祭

雁引くや湖は白波立つばかり

春暁やいつまで回る水車

山麓は靴を並べて陽炎へり

近江富士と呼ばれて三上山霞む

青蛙ひとこと鳴いてダンスダンス

ボテロ展出て着ぶくれをしてゐたり

茄子食うべ汝に十九の嫁が来た

昭和史の始めに生まれ日短か

掛軸を掛けて坐りて実南天

三井寺

仁王門こほりて年を迎へけり

桃色のフードペーパー初便り

忽然と耕衣現れ夢始め

産土の狐呆けてゐるらしい

独り居の寝正月とは忝

散る前の花のふるへを園城寺

一生に戦火いくたび鳥帰る

エープリルフール頭上を飛行船

無慚とは老いのはじめやデデポッポ

或る日ふと薄墨色の夜が来て
衰への我はいづこへ台風来

マンホールから噴き出す水や秋暑し

ひめむかしよもぎの話年移る

三枚におろすものあり大晦日

人といふ命あざやかお元日

地球只今戦火をかかへ鳥雲に

あとがき

このたびの『ひめむかし』は、『仮生』（二〇一三年刊）以後の作品を中心にまとめた。第一章「われら生きもの」には、『柿本多映俳句集成』「拾遺」制作の際、この句集のために残しておいた作品を収めた。

出版は、長いお付き合いの齋藤愼爾さんにお願いした。年初来、齋藤さんの体調がすぐれないことは伺っていたが、最初のゲラが届いたこの二月に、元気な声を電話越しに聞いたばかり。その後一月余りで泉下の人となられるとは思いもよらず、大変残念でならない。電話では、部屋から庭を眺めているとおっしゃっていた齋藤さん、その目に映っていたものはなんだったのだろうか。

齋藤愼爾さん、どうもありがとうございました。卒寿を過ぎ、なりゆくままに任せているこの時期に、新たな一冊をまとめることができました。髙林昭太さん、佐藤文香さんのお力添えにも、心より感謝申し上げます。

二〇二三年五月　　柿本多映

◉著者略歴

柿本多映　かきもと・たえ

一九二八年、滋賀県大津市園城寺（三井寺）に生まれる。京都女子高等専門学校卒。一九七六年より句作を開始し、赤尾兜子、橋閒石、桂信子に師事。永田耕衣、三橋敏雄に親炙。「草苑」「白燕」「犀」同人を経て現在は無所属。句集に『夢谷』『蝶日』『現代俳句文庫　柿本多映句集』『花石』『白體』『肅祭』『仮生』（第五回桂信子賞、第二十九回詩歌文学館賞、第十三回俳句四季大賞）『柿本多映俳句集成』（第五十四回蛇笏賞）『拾遺放光』（高橋睦郎編）。エッセイ集に『時の襞から』『季の時空へ』、他に『ステップ・アップ　柿本多映の俳句入門』。

ひめむかし

二〇二三年八月八日　初版発行

著　者　柿本多映
発行者　齋藤愼爾
発行所　深夜叢書社
郵便番号一七六―〇〇〇六
東京都練馬区栄町二―一〇―四〇三
info@shinyasosho.com

印刷・製本　株式会社東京印書館

ISBN978-4-88032-501-9 C0092